L'ARBRE À VOILE

Castor Poche
Collection animée par
François Faucher, Hélène Wadowski
et Martine Lang

Titre original :

DRZEWO Z CZERWONYM ZÄGLEM

Une production de l'Atelier du Père Castor

WANDA CHOTOMSKA

L'ARBRE À VOILE

Adapté du polonais par
ZOFIA BOBOWICZ

Illustrations de
BRUNO LE SOURD

Castor Poche Flammarion

Wanda Chotomska

L'auteur est l'un des plus populaires de Pologne, autant appréciée pour ses livres que pour ses émissions radio et ses programmes télévisés.
Après des études de journalisme, Wanda Chotomska commence à écrire en 1957. Ses récits font appel à l'imagination et au sens de l'humour des jeunes. Elle aime surtout écrire la nuit. Ses lectures préférées restent les *Contes d'Andersen* et les encyclopédies. Traduite en de nombreuses langues, elle a reçu plusieurs prix littéraires et plusieurs décorations. Celles qui lui ont fait le plus plaisir sont la Médaille des sapeurs-pompiers et la Médaille du sourire qui lui fut attribuée par ses jeunes lecteurs...

Zofia Bobowicz

La traductrice est née en Pologne, à Varsovie, et habite en France depuis 1957. Journaliste de formation, elle travaille d'abord à la radio, puis, se consacre à la traduction littéraire, qui est pour elle autant un métier qu'une passion.

Bruno Le Sourd

L'illustrateur de l'intérieur a illustré de nombreux albums d'images et de bandes dessinées, Bruno Le Sourd a eu envie de donner vie aux personnages de ce récit, car les héros l'ont touché. Dès qu'il peut lâcher ses crayons et ses pinceaux, il part faire une randonnée en montagne avec sa femme et ses deux filles.

Michel Boucher

L'illustrateur de la couverture est né près de Paris en 1955. Il a trois enfants. Après des études d'architecture aux Beaux-Arts, il décide de se consacrer à l'illustration de livres pour les enfants.

Sélection Lire
Label Chouette - Prix Bernard Versele
Sélection 1000 Jeunes Lecteurs

PRÉFACE

De grandes cités de ciment sont nées un peu partout, le plus souvent en dehors des villes, parce que cela coûtait moins cher et qu'il y avait là plus de place qu'ailleurs. Beaucoup de familles y habitent aujourd'hui, les unes au-dessus des autres, avec des supermarchés en bas des immeubles et des mini-squares de jeux pour enfants. Tout a été prévu, calculé, on a pensé à tout... sauf à laisser un peu de place aux fleurs, aux arbres, à l'amitié et au rêve.

Cette vie de grands ensembles, inventée hier, répandue aujourd'hui dans beaucoup de pays, crée toutes sortes de problèmes nouveaux. C'est de ces problèmes-là justement dont nous parle l'auteur polonais de ce livre. Il y est question d'un grand peuplier qui permit, durant un été, de vivre de merveilleuses aventures à un groupe d'enfants, habitant une cité-dortoir près de Varsovie. Ce peuplier a su éveiller leur imagination, chasser l'ennui et faire naître entre eux une belle amitié. Et lorsqu'il sera question de couper l'arbre pour permettre la construction d'un cinéma, les enfants lutteront comme des lions pour le sauver. Y réussiront-ils? Comment?

C'est ce que raconte l'histoire qui suit...

Zofia Bobowicz

Chapitre 1

Chic! la télé vient d'arriver! Ici, à la cité, tout le monde trouve que c'est important, la télé. Leur camionnette bleue est garée juste devant le cinéma. Nous, bien sûr, on se précipite dessus pour jeter un coup d'œil à l'intérieur.

– Allez plus loin, vous nous gênez!

Les gars de la télé ne sont pas contents : ils sont en train de tendre des câbles. Des câbles, il y en a des mètres et des mètres! Il faut faire attention, sinon on pourrait se prendre les pieds dedans.

Ils nous font marrer avec leur : « Allez jouer ailleurs. » Nous, ce sont les caméras qui nous intéressent. L'une d'elles est installée devant le cinéma. L'autre est restée à l'intérieur, avec les spots.

Sur le toit clignote une enseigne lumineuse : CINÉMA RÊVE. Ils la font marcher en plein jour. Au-dessus de la porte, une banderole : SOYEZ LES BIENVENUS. Tout cela, c'est à cause de la télé!

Toute l'équipe technique est là, on n'attend plus que les artistes. Pour l'instant, en dehors des machinistes, des éclairagistes et des cameramen, il n'y a qu'une dame en manteau rouge. Elle tient un micro à la main. Elle est reporter.

L'émission passera peut-être en couleurs! Witkowski dit que le rouge sort très bien à l'écran. Du rouge, ce n'est pas ce qui manque, ici! L'enseigne, les fleurs que le directeur tient à la main, le manteau de la journaliste!

La journaliste a l'air de commander tout le monde. Elle place les grandes personnes d'un côté, les enfants de l'autre, et elle nous dit que toute la Pologne a les yeux fixés sur nous.

Elle s'approche de la caméra en souriant :

– Souriez, souriez, les enfants! C'est des sourires qu'il nous faut! Allons! que tout le pays voie combien vous êtes contents!

Elle-même, elle sourit, mais pas à nous. Elle sourit à la caméra, parce qu'on tourne déjà. On nous filme. Ça y est! Elle va parler. Ça va être encore un de ces speeches rasoirs...

– Les habitants de la cité Zarzewie ont invité le journal télévisé à une cérémonie inhabituelle. Celle de l'ouverture de leur cinéma. Cette belle construction, réalisée en un temps record, se dresse à un endroit où, il y a peu de temps encore, il n'y avait rien...

– Comment, rien! Et l'arbre? Il y avait un arbre ici!

J'ai oublié que personne ne m'a demandé mon avis. La journaliste a dit que nous pourrions parler au moment où elle nous poserait des questions. Mais, puisque ce n'est pas vrai qu'il n'y avait rien ici!

– Tais-toi!

Witkowski me tire par la manche et Mirek m'envoie un méchant coup de pied, histoire de me faire tenir ma langue. Ils ne sont pas les seuls à vouloir m'empêcher de parler : les cameramen aussi me font

signe. Il paraît que je dérange l'enregistrement. Mais eux, je leur pardonne. Ils ne savent rien de notre histoire. Lorsque l'arbre était là, la télévision ne venait jamais nous voir.

– Il n'y avait là que des terres en friche qui s'étendaient à perte de vue...

La journaliste continue son bla-bla-bla en regardant au-dessus de nos têtes et sa voix devient triste. Va-t-elle se mettre à pleurer? Mais non, elle se tourne du côté du cinéma que les cameramen sont en train de filmer de bas en haut : ils commencent par l'escalier et finissent par l'enseigne sur le toit. La journaliste est aux anges. Le micro sursaute dans sa main :

– Des terrains vagues a surgi un nouveau centre culturel : le CINÉMA RÊVE. Le rêve des grands, le rêve des petits. Ici, à la cité, tout le monde est heureux, mais les plus heureux, ce sont les enfants!

La caméra se dirige sur nous. Impressionné, Mirek m'envoie son coude dans les côtes. Witkowski, lui, est en train de se lisser les cheveux avec un doigt mouillé de salive. Le capitaine, qui fait l'important, nous bouscule pour se mettre en avant. La journaliste s'approche.

– Allons, les garçons, n'est-ce pas qu'il vous plaît bien votre cinéma? Vous avez dû en rêver souvent?

– Oui.

C'est, bien sûr, le capitaine qui répond au nom de tous. Comme d'habitude.

– Pourvu qu'ils donnent des films de notre âge. Parce qu'il y en a qu'on nous interdit, ceux au carré blanc, ajoute Witkowski.

– Beaucoup de westerns, c'est ça qui serait chouette!

– Avec des Indiens!

– Et des dessins animés!

On rigole. C'est la pagaille. Personne pourtant ne se fâche. La journaliste rit avec nous. Elle ne sait plus à qui tendre le micro.

– Un instant! Un instant! Pas tous à la fois! Chacun son tour!

Et la voilà qui se tourne vers moi.

– Vas-y, présente-toi. Comment t'appelles-tu?

– Dis ton nom, matelot! m'encourage Witkowski.

– Son nom, c'est Benek, mais nous, on l'appelle matelot. C'est son surnom, intervient Mirek, bien que personne ne lui ait rien demandé.

– Si on te surnomme matelot, continue la journaliste, tu t'intéres-

1

ses sûrement aux bateaux. Tu vois, maintenant, avec un cinéma à la cité, tu pourras voir des films qui parlent de la mer et des grands navires. Es-tu déjà allé au bord de la mer? As-tu déjà vu un grand bateau?

Elle s'approche, pose la main sur mon épaule. A présent je peux parler. C'est elle-même qui le demande. J'avale donc ma salive et je dis bien haut dans le micro :

– Un bateau, nous en avons eu un...

Le capitaine me fait une grimace.

– Laisse tomber, à quoi ça sert de remuer les vieilles histoires? Le passé c'est le passé.

Mirek m'envoie un autre coup de pied à la cheville et Witkowski, caché derrière la journaliste, se frappe le front de désespoir. Ils ne veulent pas que je rappelle cette histoire. Pourtant, il faut bien que quelqu'un dise la vérité.

– Vous voyez, madame, ici, juste à l'endroit où il y a le cinéma, il y avait un arbre. Lorsque nous avons emménagé à la cité...

Le capitaine n'est toujours pas d'accord.

– Eh! c'est le cinéma qui intéresse Madame, pas l'arbre!

Quant à Witkowski, il ne trouve rien de mieux que de dire bêtement :

– Tu as aussi des arbres au cinéma, des forêts vierges, avec des baobabs et tout...

Mais ils ne réussiront pas à m'interrompre! Les gars de la télé et la journaliste pas plus que les copains. Rien ne peut plus m'arrêter. Parce que c'est l'arbre que je vois à présent, et rien d'autre.

Chapitre 2

Notre arbre, c'était pas un baobab. Au début, on ne savait même pas ce que c'était comme arbre. Plus tard, quelqu'un nous a dit que c'était un peuplier blanc, mais nous ne l'avons jamais appelé ainsi. Pour nous, c'était le bateau.

« *Ohé! vogue, vogue, beau voilier!*
Claque au vent notr' voile rouge!
Va sous la brise salée
découvrir des terres lointaines
que personne ne connaît. »

Lorsque nous avons emménagé, la cité était pleine d'échafaudages. Tout a commencé à cause de ces échafaudages. Parce qu'on ne savait pas où jouer. Partout, il y avait de la boue qui collait aux chaussures. Alors, sur cette boue, les gens ont posé des planches. Les allées n'étaient pas encore goudronnées, il était difficile de faire autrement. Les grandes personnes passaient sur les planches posées par terre, et nous sur celles d'en haut. Parce que, très vite, nous avons eu l'idée de grimper sur les échafaudages.

Où pouvions-nous aller? A la maison, on ne voulait pas de nous parce qu'il fallait faire le ménage après le passage des peintres. Nos mères ciraient le parquet avant d'installer les meubles. Elles nous chassaient. Et sur la place, ce n'était pas mieux. En plus de la boue, il y avait là des camions qui déchargeaient des tas de trucs... Nous n'avions que les échafaudages pour jouer.

Mais cela n'a pas duré longtemps non plus.

Un jour, les ouvriers sont arrivés pour crépir les murs.

– Allez, ouste, descendez! Plus vite que ça, et qu'on ne vous revoie plus! C'est des échafaudages qu'il leur faut à présent!

Ils nous ont dit que c'était dangereux, qu'un accident était vite arrivé.

Chapitre 3

C'est ce jour-là, je crois, que nous avons découvert l'arbre. On pouvait l'apercevoir depuis les échafaudages. Il poussait derrière les immeubles, sur la colline. Il était vraiment beau avec ses branches immenses et son feuillage touffu. Pour nous, c'était un autre monde. Quelle différence! Ici, la boue, le bruit, les planches sales, là-bas, cet arbre avec un ciel pur par-dessus, et tout autour des champs et des prés pleins de petites vagues d'herbe.

Alors, nous avons laissé là nos planches pour courir comme des fous jusqu'à l'arbre. Qu'il était grand! Beaucoup plus grand que nous ne l'avions imaginé. Et pas vert, mais blanc argenté. L'écorce et le dessus des feuilles semblaient saupoudrés de givre et de sel. Un tronc robuste... et les branches, alors! Jamais on n'en avait vu de pareilles.

– Dites donc, les gars, on grimpe?

Je ne me rappelle plus qui l'a dit le premier. On se connaissait à peine. Nous ne savions même pas nos prénoms, ni dans quelle classe nous étions, les uns et les autres. On habitait là depuis quelques jours seulement. C'était le mois d'août. Les cours n'avaient pas encore commencé.

Mais je me rappelle celui qui

m'a aidé à grimper. Mes baskets glissaient à cause de la boue. Mirek l'a vu et m'a donné la main. Alors, je lui ai dit que je m'appelais Benek et il m'a répondu qu'il s'appelait Mirek.

Nous nous sommes donc assis sur la même branche. Celle d'en bas parce que les autres gars, tous plus grands que nous, avaient pris les meilleures places sur les branches du haut.

Au-dessus passaient lentement les nuages, et nous, on avançait aussi à bord de notre arbre.

– On est drôlement bien ici, ai-je dit à Mirek. Là où j'habitais avant, il n'y avait qu'un vieux séchoir à linge dans la cour.

– Eh! toi là-bas, séchoir à linge, sais-tu ce que c'est qu'un nid de pie?

– Il ne s'appelle pas séchoir à

linge, mais Benek, a répondu Mirek à ma place.

– Je ne lui demande pas son nom, mais s'il a déjà vu un nid de pie!

Mirek et moi, nous avons levé la tête. Celui qui hurlait ainsi était assis à la cime de l'arbre.

– Où est-ce qu'il voit un nid de pie? s'étonnait Mirek.

Car il n'y avait aucun nid sur notre arbre.

L'autre s'est mis à rire :

– Eh! vous, les rats de terre! Sachez qu'il y a un nid de pie à bord de chaque voilier. Il faut monter en haut du mât! On peut s'entraîner si vous voulez. Mon oncle s'entraînait aussi sur un arbre. Un jour il est tombé et il a perdu deux dents.

– Et alors?

– Alors rien. C'était des dents de

lait. Il lui en a poussé d'autres. Et maintenant, il est maître après Dieu.

– Tu veux dire qu'il est pape? ai-je demandé, intrigué.

– Mais non, imbécile! Il est capitaine. Tu ne sais donc pas qu'un capitaine est seul maître à bord de son bateau? Moi aussi, je serai capitaine.

– Il t'envoie des timbres de l'étranger, ton oncle? lui a demandé Mirek.

– Bof, des timbres! Ma chambre en est tapissée! Quand j'étais à bord, il m'a donné une longue-vue. Un capitaine ne peut rien faire sans sa longue-vue. Il ne s'en sépare jamais lorsque, debout sur la passerelle, il lance des ordres à l'équipage : « Larguez les amarres! Hissez les voiles! Virez vent debout! »

– Virez vent debout! a répété Mirek et j'ai crié aussi :

– Virez vent debout!

A la cime de l'arbre, on s'excitait déjà :

– Dis, tu seras notre capitaine?

– Pourquoi pas, si vous y tenez.

– Et, en plus du capitaine, qui y a-t-il à bord?

– Comment ça? Il y a tout l'équipage, bien entendu.

– Oui, mais qui sont ceux qui viennent après lui?

– Eh bien, il y a le second, le maître de passerelle.

– Moi, je serai le second!

– Et moi, le maître de passerelle!

– Il y a aussi le bosco, autrement dit le maître d'équipage, et le radiotélégraphiste, qu'on appelle le radio.

– Moi, j'ai un transistor! Je l'ai eu pour mon anniversaire! Je peux l'apporter à bord.

– Dis donc, ma mère est couturière. Je lui demanderai du tissu pour la voile.

– Et l'ancre? Il nous en faut une!

– Et puis des cordages!

– Hourra! on fera des nœuds marins!

– Ohé, mon capitaine, quels sont les devoirs du bosco?

– Attendez, il nous faut encore un cuisinier! Le gros, veux-tu faire le coq?

Tous les postes ont été enlevés en un clin d'œil. Mirek et moi, nous nous sommes retrouvés matelots. Mais nous étions heureux quand même et criions avec les autres :

– Dites donc, les gars! on aura un vrai bateau! Hourra! hourra! hourra!

C'est depuis ce jour-là que notre arbre est devenu un bateau.

Chapitre 4

« A travers les océans,
au milieu des flots chenus,
nous cinglerons voile au vent!
Ohé! vogue, vogue beau voilier!
Il y a autant d'eau dessous
que de ciel par-dessus nous
car nos mâts touchent les nues.

« Claque au vent notr' voile rouge!
Va sous la brise salée
découvrir des terres lointaines
que personne ne connaît.
Ohé! vogue, vogue, beau voilier!

« Lorsque notre capitaine
aura fixé ton parcours,
à plein vent, belle voile rouge,
tu courras leur dire bonjour! »

Qu'est-ce qui a apporté cette chanson à bord? Le radio, le jour où il est venu avec son transistor? Le bosco Witkowski, à qui nous devions la toile rouge de notre voile? Je ne sais plus. C'est peut-être le maître après Dieu qui nous l'a apprise. En tout cas, nous l'avons adoptée tout de suite.

Parce que cette chanson disait bien ce que nous ressentions tous. Qu'il était important d'être ensemble, car il n'est pas bon pour un homme d'être seul dans la vie. Et qu'il fallait être courageux comme le sont tous les héros. Et pouvoir accomplir de grandes actions. Et découvrir un monde nouveau.

Un monde où les gens ne meurent pas, parce que mon père, il est mort. Un jour, il rentrait de l'usine et il est tombé dans la rue, mais personne n'a eu l'idée d'appeler l'ambulance. Si quelqu'un l'avait appelée, mon père serait encore en vie. C'est le docteur qui l'a dit, que papa aurait pu être sauvé si les secours étaient arrivés.

Il était très bon, papa. Il m'emmenait à la pêche, on y partait tous les dimanches avec maman. Et il a offert un violon à ma sœur. Parce que ma sœur est élève au petit conservatoire. Et puis, papa ne buvait jamais de vodka et il n'a jamais insulté ni frappé personne, tandis que le père de Mirek, quand il est soûl, il donne des coups à tout le monde. L'autre jour, il a cassé des carreaux chez lui. Et ceux de l'escalier aussi. Quand les policiers sont arrivés pour l'emmener, il leur a sauté dessus. Cela a fait toute une histoire à la cité. Mirek en a été malade pendant plusieurs jours. Il n'a même pas eu le courage de se montrer à bord du bateau.

Les gens ne devraient pas boire d'alcool. C'est un problème, ça. Et un autre problème, c'est que les enfants doivent sentir qu'on a besoin d'eux. Parce que ce garçon qui est devenu notre radio, à quoi ça lui sert d'avoir un transistor, et un vélo de course de la meilleure marque qu'on achète avec des dollars dans un magasin spécial? Il a tout : des jeans et des tas de belles choses qu'il reçoit de l'étranger, mais personne n'a besoin de lui. Ni sa mère, ni son père. Ils ont divorcé et l'ont laissé à une dame qu'ils payent pour qu'elle s'occupe de lui. Il l'appelle grand-mère.

Il n'est pas le seul à avoir des problèmes, nous en avons tous.

Alors, nous, on a voulu en finir. Chasser la tristesse et garder la joie, n'avoir que des choses belles et refuser les laides.

Cela devait être possible dans le monde vers lequel allait notre bateau.

Nous n'en parlions jamais entre nous, ça n'était pas nécessaire : c'est dans notre chanson qu'on trouvait tout cela. Pas tellement dans ses paroles... On le sentait plutôt entre les mots, dans son air peut-être. Chaque chanson est faite de paroles et de musique, et ma sœur dit que ce qu'on ne peut pas mettre dans les paroles, on le trouve dans la musique.

« *Claque au vent notr' voile rouge!*
Va sous la brise salée... »

Cette chanson nous accompagnait dans chacune de nos courses. Et chacune de nos courses commençait par l'ordre du capitaine :

– Équipage, à vos postes!

Il donnait tous ses ordres avec un porte-voix. Il le tenait de son oncle. La longue-vue, c'est lui aussi qui l'avait apportée. Elle ressemblait à des jumelles de campagne. Mirek nous a dit que les secouristes sur la plage utilisaient les mêmes. Il a pu le voir lorsqu'il était en colonie, et il trouvait que la longue-vue du capitaine aurait dû être plus grande. Mais le second l'a tranquillisé en lui disant que la taille d'une longue-vue dépendait du tonnage du navire. A bord de gros vaisseaux, il y a de grosses longues-vues, mais sur des petits bâtiments, des jumelles sont largement suffisantes.

– L'équipage, sur le pont! commandait le capitaine, et en moins de deux, nous étions tous là : le second, le maître de passerelle, le bosco Witkowski, le radio, le coq et les matelots, c'est-à-dire Mirek et moi. On y grimpait par une échelle de corde. Eux tous montaient tout de suite sur le pont supérieur, et nous on restait sur le pont inférieur.

Les deux ponts étaient faits de planches de bois. Comme sur un vrai bateau. Ces planches, nous les avions chipées dans la cité. Il y en avait deux, juste ce qu'il fallait pour construire nos ponts. Nous les avions attachées avec des cordes et du fil de fer en mettant chaque planche en travers d'une large fourche. Elles étaient chouettes, nos planches, larges et solides, et presque blanches à force d'être frottées. Il fallait garder le bateau propre, le capitaine nous le rappelait sans cesse.

– L'équipage de quart, au cabestan! Levez l'ancre! criait le capitaine.

Alors, l'équipage de quart, c'est-à-dire Mirek et moi, nous remontions à bord le lourd croc qui restait coincé au fond de la mer. Fait de grosses barres de fer, il tenait bon et il nous fallait tirer de toutes nos forces sur la chaîne de mouillage. C'était dur et nos bras en tremblaient. Ceux du pont supérieur nous encourageaient de leurs appels :

– Oh hisse! Oh hisse!

Le capitaine lançait un nouvel ordre :

– Hissez la grand-voile!

Et les autres exécutaient la manœuvre : la toile rouge grim-

pait le long du mât jusqu'au ciel.

– Vent force 4, venait d'annoncer le second au capitaine.

Nous n'avions pas d'instrument pour mesurer la force du vent mais le second disait que cela n'avait pas d'importance. Il savait l'évaluer d'après la voile et les feuilles. Si la force du vent augmentait, la voile se gonflait davantage et les feuilles se mettaient à trembler.

– Bâbord toute! criait le capitaine.

– Bâbord toute! répétait le second au gouvernail.

Chaque bateau doit être équipé d'une roue de gouvernail. La nôtre venait d'une petite charrette de bois, mais elle ressemblait à une vraie.

– 32° bâbord! indiquait le capitaine.

– 32° bâbord! répondait le second.

Nous filions grand largue. Au-dessus de nos têtes, la voile battait au vent et, sous nos pieds, couraient les vagues vertes de l'Océan. Les premiers embruns brillaient au soleil. Pour Mirek, ce n'étaient que les chatons des pissenlits qui poussaient dans l'herbe. Les récifs de corail, il ne les voyait pas non plus. Il disait que c'étaient des briques couchées dans l'herbe.

Mais moi, je savais que c'étaient des récifs. Je les avais repérés sur la mappemonde et je les distinguais parfaitement du pont. Des tas de bateaux s'étaient échoués sur ces récifs de corail, faute d'avoir eu des cartes précises. Mais nos cartes à nous étaient très bonnes. C'était le second qui les avait tracées. Au stylo-feutre.

Toutes les îles étaient portées sur cette carte, de même que les golfes et les détroits entre les îles. Certains d'entre eux n'avaient pas encore de nom, mais la plupart avaient déjà été baptisés : l'archipel des Quatre Cuirassés, le golfe de Robinson Crusoé, le cap de Christophe Colomb, le détroit de Sindbad le Marin. L'Ile au trésor était là également ainsi que le cap des Pirates de la route. Ce dernier nom pouvait étonner un peu, mais, du pont de notre bateau, nous voyions la route où passaient beaucoup de voitures. C'est justement là que se trouvait le cap des Pirates de la route.

Sur notre carte, nous avions aussi marqué l'emplacement des phares. C'étaient les lumières qui apparaissaient de l'autre côté de la route à la tombée de la nuit.

Parfois, quand il faisait encore jour, le radio allumait le transistor. Le bosco Witkowski et le coq descendaient alors du pont supérieur et Witkowski nous racontait des histoires. Comme celle du poulpe. Il la tenait de sa sœur qui avait passé ses vacances en Yougoslavie.

– Un jour, ma sœur se baigne tranquillement dans la mer. Elle est très bonne nageuse, ma sœur. Tout d'un coup, elle sent quelque chose se coller contre sa jambe. Elle regarde : c'est blanc, transparent... un morceau de plastique, pense-t-elle. Là-bas, sur les plages, les gens laissent traîner de vieux emballages, il paraît que la propreté, ça laisse à désirer. Alors, ma sœur a tout d'abord pensé que c'était un sachet en plastique jeté à la mer. Mais voilà que cette chose se resserre autour de sa jambe et elle se rend compte que ce n'est pas un sachet, mais les bras du poulpe qui venaient de l'attraper!

– Et alors? Et alors?

Nous voulions tous connaître la suite de l'histoire.

– Et alors, ils ont fini par l'avoir, ce poulpe. Il a poursuivi ma sœur jusqu'à la plage et là, ils l'ont tué. Après, ils ont eu de quoi déjeuner. Parce que les poulpes sont comestibles.

– Hourra! cria le maître-coq en agitant un bâton au bout duquel il venait de piquer un morceau de plastique. Je vous ferai du poulpe pour midi!

– L'équipage, au boulot, fini de bavarder! cria le capitaine.

L'agitation cessa aussitôt. Le coq alla jeter un coup d'œil à la cambuse : dans le tronc de l'arbre

il y avait un creux où nous gardions nos provisions. Le bosco remonta sur le pont tandis que Mirek et moi, on se mit à lover les cordages.

Des cordages, nous en avions à ne plus savoir qu'en faire : chacun de nous avait déniché à la maison un morceau de grosse ficelle qui pouvait faire l'affaire. Il fallait les ranger, s'assurer de leur bon état. Une corde usée ne valait plus rien : à l'arrivée au port, il fallait amarrer le bateau avec des câbles qui tenaient bon. Si jamais une amarre rompait, le capitaine nous passait un de ces savons! Mais cela, ce n'était pas un problème. C'est de notre sens du devoir qu'il s'agissait, car chacun de nous avait des responsabilités à bord. Mirek et moi, par exemple, étions responsables du bon état des cordages.

J'aime autant vous dire que notre boulot, on le faisait sérieusement!

Chapitre 5

Un jour, le second se trouvait sur le pont supérieur. Il scrutait l'horizon avec sa lunette. Soudain, on l'entendit crier :

– Dites donc, les gars! Y a une vache dans le pré!

Le capitaine le reprit aussitôt :

– Sur mer, il n'y a que des vaches de mer.

– Une vache de mer à l'horizon, mon capitaine! rectifia aussitôt le second.

– Et un chien marin! ajouta le

bosco qui vit un petit roquet noir et blanc courir entre les pattes de la vache.

La vache et le chien se dirigeaient du côté du bateau. Bientôt, on put les apercevoir à l'œil nu. Et les entendre aussi. La vache agitait sa clochette, le chien jappait. Soudain, de derrière la queue de la vache surgit un gamin. Il tenait un bidon de lait à la main et nous fixait en écarquillant les yeux.

– Un homme à la mer! cria le capitaine dans le porte-voix.

– Je le connais, dit Mirek précipitamment. Sa grand-mère nous livre du lait. Ils habitent de l'autre côté de la route, dans une espèce de vieille bicoque.

Sur le pont, tout le monde s'agitait.

– Un homme à la mer! Un homme à la mer! Un naufragé!

– Descendez la chaloupe de sauvetage! ordonna le capitaine.

Sur le pont supérieur, nous avions arrimé une corbeille à linge. C'est moi qui l'avais apportée à bord. Maman ne le savait même pas. Cette corbeille était notre chaloupe de sauvetage.

Le capitaine me regarda.

– Matelot!

– A vos ordres, mon capitaine!

– Faites monter le naufragé à bord.

– Fais gaffe aux coups de pied de la vache, me conseilla Mirek à voix basse.

Je montai dans la chaloupe. On me descendit à l'aide d'une corde. La corde était solide, elle ne risquait pas de se rompre. Seulement, une fois en bas, cette vache et ce chien! Pour sauver le naufragé, il me fallait bien quitter la chaloupe et venir tout près de la vache.

Le chien aboyait, la vache mugissait et on hurlait sur le pont :

– Attention à tes fesses, un chien marin, ça mord!

– Méfie-toi des coups de cornes!

J'avais peur.

– Un matelot ne doit jamais avoir peur! Quitte immédiatement la chaloupe et sauve le naufragé! me cria le capitaine dans le porte-voix.

La corbeille tanguait au-dessus de la terre, elle craquait de partout... Mais non, pas au-dessus de la terre, c'était l'Océan qui roulait à mes pieds. Ses vagues démontées battaient la coque de la chaloupe, prêtes à l'écraser, à l'anéantir. L'eau m'envahissait de tous côtés, je ne voyais plus rien, mon cœur battait comme un fou.

Il fallait tenir, tenir à tout prix! Les vagues m'emportaient mais j'essayais de nager contre le courant. Je crawlais à tour de bras en serrant les dents. Plus fort! Plus fort! Plus fort encore! Pourvu que je me maintienne à la surface! Pourvu que j'arrive à temps pour secourir le naufragé! Malgré les lames de fond, malgré cet océan noir qui veut m'engloutir!

Je crie. Je n'entends plus ma voix. Les vagues hurlent. J'ai de l'eau plein la bouche. Je tends un bras et attrape la main du naufragé. Il me l'arrache. Non, c'est une vague qui l'a éloigné de moi. Je pique une tête sous la vague : quelque chose m'attrape à la jambe. Je me retourne... et j'aperçois les dents du requin!

– Matelot! Le petit se cache derrière la vache!

C'était la voix de Mirek qui me sortait de ce cauchemar.

Je me frottai les yeux. J'étais à quatre pattes sous le ventre de la vache. Et c'était le chien qui montrait les dents. Je réussis à me mettre debout malgré la vache qui m'envoyait de grands coups de queue au visage. D'une main, le gamin l'attrapa par la queue et ne la lâcha plus, de l'autre, il tenait son bidon de lait. Il me regardait avec de grands yeux ronds.

– Viens, je t'emmène à bord.

Il ne voulait pas venir. Je me saisis de son bidon.

– Laisse. Tu vas renverser le lait, couinait le gamin.

Les hommes d'équipage poussèrent un cri de joie :

– Hourra! On goûtera au lait de la vache de mer!

Un des gars observa que le lait de vache de mer est certainement salé, un autre lui répondit que le lait de mer et l'eau de mer, ce n'était pas la même chose. Pendant ce temps, le lait commença à se répandre dans l'herbe et le chien, suspendu au bas de mon pantalon, le tiraillait de tous côtés.

– Tu vois, tu vois, tu as renversé le lait! Là, dans l'herbe!

Sans prêter attention à ses lamentations, je le traînai jusqu'à la chaloupe. Décidément, ce môme ne comprenait rien.

– Tâche de calmer ton chien et cesse de pleurnicher, sinon on va finir par se noyer. Il faut que je t'explique : nous sommes en mer et toi, tu es le naufragé. C'est le capitaine qui m'a donné l'ordre de te sauver et il est seul maître à bord.

– Et mon lait?

Il s'approcha de son bidon.

– Le lait n'a aucune importance. Laisse ton bidon tranquille et monte dans la chaloupe.

– Mais puisque ma grand-mère m'a dit de le porter à la cité!

– T'inquiète pas, je t'aiderai. J'habite à la cité, alors, tout à l'heure, je pourrai t'accompagner. Parole d'honneur. Écoute, sois gentil, pose là ton bidon et dis à ton chien de se tenir tranquille.

Il se décida enfin. Il rangea son bidon au pied de l'arbre, le confia à la garde de son roquet et grimpa dans la corbeille. En moins de deux, nous voilà sur le pont.

– Mission accomplie, mon capitaine. Le naufragé est hors de danger.

Et le capitaine de me crier dans le porte-voix :

– Laissez le naufragé dans la cambuse. Le coq s'en occupera!

– Le coq, c'est le cuisinier, expliquai-je au môme. Et toi, sais-tu éplucher les oignons?

– Ben oui!

– Alors, prends un couteau et mets-toi au travail. Les marins doivent manger beaucoup d'oignons. Pour ne pas attraper le scorbut. Dis donc, j'ai vu que ta vache portait une clochette... Si tu voulais l'apporter la prochaine fois, nous sommes là tous les jours. Viens demain, mais sans la vache, n'apporte que la clochette. Tu verras, on s'amuse drôlement bien, ici. Si tu viens avec la clochette, le capitaine te prendra sûrement comme mousse. Ta clochette nous servira de cloche. Car il faut une cloche à

bord de chaque vaisseau. C'est le capitaine qui l'a dit. On ne te demande qu'une chose : de n'en parler à personne. Le bateau, c'est notre secret. Alors, motus et bouche cousue!

Chapitre 6

Et c'est ainsi que nous avons gagné un mousse et une cloche à bord de notre voilier. Dès le lendemain, le gamin était là, avec sa clochette à vache.

C'était le jour de la rentrée. Nous ne connaissions pas encore notre nouvelle école. Elle datait d'avant la construction de notre cité, mais aucun de nous n'y était encore allé. On était tous élèves de huitième, mais le capitaine et le bosco Witkowski étaient inscrits en 8e A, et le reste de l'équipage en

8e B. On était tous à courir dans les couloirs à chercher chacun sa classe. Nous nous étions retrouvés ensemble en fin de matinée, dans la salle de gym, pour la fête de la rentrée.

Après le speech du directeur, on eut droit aux chants de la chorale et aux récitations.

« *Nous saluons parmi nous*
avec joie
ceux qui sont là
pour la première fois »

déclamaient en chœur les scouts de l'école.

J'avais cru tout d'abord que c'était à nous qu'ils s'adressaient ainsi. Mais je m'étais trompé. Il s'agissait des petits de onzième. On leur avait même distribué des cadeaux, images en couleurs et sucettes, et à cette occasion il y avait eu un incident : un des mômes avait laissé tomber une clochette qu'il cachait dessous sa chemise.

– Regarde, pouffa Mirek, notre mousse est venu avec sa clochette à vache!

Parce que le môme à la clochette, c'était bien notre gamin de la veille. On le reconnaissait à peine : tout beau, tout propre, en chemise blanche, briqué comme un pont pour la revue!

Dans la salle, éclat de rire général.

– Bientôt, ils nous amèneront des vaches à l'école!

– Une clochette à vache! Ha, ha, ha!

– Qu'il est bête! Il ne savait pas qu'à l'école on utilise une cloche électrique!

– Eh! fais sonner ta clochette, on va voir ce qu'elle vaut!

Brouhaha général : on se pressait autour du petit et quelqu'un avait dû lui prendre sa clochette parce qu'il cria très fort :

– Laisse ça!

Les maîtresses n'étaient pas contentes :

– Silence! Retournez à vos places!

Quelle histoire! On mit du temps pour rétablir l'ordre et, quand tout fut fini, je vis que le gamin avait disparu.

Je crois avoir été le seul à m'en apercevoir. La maîtresse de onzième ne connaissait pas tous ses élèves. Je pense qu'elle n'avait même pas eu le temps de les compter. Les autres étaient occupées avec leurs propres élèves. Quant au directeur, les fleurs lui

cachaient complètement la vue parce que les filles n'arrêtaient pas de lui remettre des bouquets.

Par la porte ouverte sur le couloir entra en courant un groupe d'enfants déguisés en montagnards et en mineurs. Ils se mirent à danser. La fête battait son plein et personne ne se souciait plus du petit.

Le spectacle fini, je fus le premier à quitter l'école. Je voulais retrouver le gamin. Je n'étais pas très fier de moi. « Tout est de ma faute, pensais-je. C'est moi qui lui ai dit d'apporter la clochette, et maintenant tout le monde se fiche de lui. Le pauvre, qu'est-ce qu'il doit avoir honte!

« Au moment où la clochette est tombée, j'aurais dû m'approcher et dire qu'elle était à moi. Ainsi, personne ne se serait moqué de lui. C'est la peur d'être questionné qui m'a fait perdre la tête. Le môme aussi a dû avoir peur de tous ces : “ qu'est-ce que c'est? ” “ à quoi ça sert? ”, “ pourquoi l'as-tu apportée? ” Ne lui avais-je pas dit de tenir sa langue pour ne pas trahir notre secret? Voilà pourquoi il s'est enfui. Il doit m'en vouloir, c'est sûr! »

Je l'imaginais, enfermé chez lui, en train de pleurnicher et je craignais qu'il ne veuille plus jamais nous revoir.

Je me souviens d'avoir couru pour lui expliquer tout ça. Jusqu'à chez lui. Mais la porte de la petite maison était fermée au cadenas.

Il n'y avait personne, à part quelques poules qui picoraient dans la cour et un chien attaché au bout d'une chaîne et qui, à ma vue, se mit à faire un raffut de tous les diables. Sa niche se trouvait entre l'étable et la maison.

C'était bien pauvre comme habitation : une palissade faite n'importe comment, un puits au milieu de la cour, une étable toute de traviole, une maison en bois, couverte d'un toit de chaume et toute noire de vétusté. Pas de voisins. Cela devait être triste d'habiter un coin aussi désert. Il me fallait rentrer. De la route, je distinguais notre arbre. Et si le gamin m'attendait là-bas?

Non, il n'y avait personne. C'était un peu loin pour voir, mais j'avais de bons yeux. Une fois dans le pré, j'entendis quelque chose craquer sous mes pieds. Je me baissai : une sucette! La même que celles qu'on avait distribuées ce matin à l'école. Et, presque en même temps, le petit surgit de derrière l'arbre! Il était là! Il était venu! Il m'attendait!

– Salut! Tu as perdu ta sucette.

Il me fit un signe de la main comme quoi il s'en moquait royalement et me montra tout de suite la clochette.

– Tu vois, je l'ai apportée.

Je crois lui avoir donné une claque dans le dos, tellement j'étais content!

– Je suis passé chez toi, je t'ai cherché partout... Tu es un chic type, tu sais?

Il paraissait heureux d'entendre cela.

– C'est vrai? Tu m'as vraiment cherché?

– Ben oui, à l'école, j'étais le seul à avoir remarqué ta disparition. J'avais peur que tu ne veuilles plus venir à bord. A propos de ce matin, il ne faut pas te frapper. Si quelqu'un t'embête, tu n'as qu'à lui dire que Benek le matelot se charge de lui régler son compte. Maintenant, écoute-moi : avant que le capitaine et les hommes d'équipage n'arrivent, je vais t'apprendre quelques termes de marine. Tu n'as qu'à répéter. Allons-y : la principale voile du grand mât s'appelle la grand-voile...

– La grand-voile, répéta le gamin, très sérieux.

– Celle qui se trouve sur l'avant du bateau, c'est le foc.

– Le phoque? Comme l'animal?

– Mais non, d'ailleurs, ça ne s'écrit pas pareil. Et là, devant toi, c'est le magasin du bord où nous gardons nos vivres. On l'appelle la cambuse.

– La cambuse.

– C'est ça. Vois-tu, ce sont des

trucs qu'un marin doit savoir. Il te plaît, notre voilier?

Il fit « oui » de la tête.

– Et qu'est-ce qui te plaît le plus?

Il n'eut pas le temps de me répondre, car, déjà, tout l'équipage arrivait au pas de course. Ils avaient dû passer chez eux pour se changer parce qu'ils ne portaient plus leurs habits de fête. Ils étaient pressés d'appareiller pour une longue course. Personne ne parlait plus de l'incident du matin. La présence du gamin n'avait pas l'air de les étonner beaucoup. Seul Mirek, au moment où j'aidais le môme à grimper sur le pont, m'avait jeté un drôle de regard :

– Tiens, tu joues à la nourrice à présent? Tu sais, des nourrices, ce n'est pas ce dont on a le plus besoin à bord.

Il m'énervait, mais je haussai les épaules. Le capitaine donnait déjà l'ordre de hisser la grand-voile et la cloche du vaisseau sonnait plusieurs coups doubles.

Le petit avait l'air enchanté. Je l'entendais qui répétait tout bas : « la grand-voile... la petite, elle s'appelle le foc, et on ne dit pas la cuisine mais la cambuse ».

– La partie arrière du bateau porte le nom de poupe et la partie avant celui de proue. En tournant le dos à la poupe, tu as, à ta gauche, le bâbord et, à ta droite, le tribord.

Le gamin m'écouta avec attention, puis il me dit d'un air préoccupé :

– Matelot?...

– Oui?

– Quand j'aurai bien appris, enfin... je veux dire, le jour où je saurai tout ça, est-ce que le capitaine me laissera regarder avec sa longue-vue?

– Comment? Passer la longue-vue à un mousse! fit Mirek d'un air moqueur. T'en as de bonnes, toi! Le capitaine ne laisse la longue-vue qu'au second. Le second, c'est le seul à y avoir droit.

– Exact!

Le second, qui se tenait sur la passerelle en compagnie du capitaine, nous adressa le salut militaire en prenant la longue-vue des mains du maître après Dieu.

Et Mirek de continuer de plus belle :

– Bébé marin, va! C'est une sucette qu'il te faut, pas une longue-vue! Sais-tu au moins ce que c'est, une tempête en mer?

– T'as fini de l'embêter?

Furieux, j'étais prêt à me battre avec Mirek, mais déjà le second s'emparait de l'idée.

– Vent force 10, mon capitaine!

– Fiouou!

Imitant le bruit du vent, Mirek soufflait dans l'oreille du gamin.

– La tempête! La tempête en mer!

Enchanté, l'équipage semblait saisi d'une folie furieuse. Les gars, tous debout, tapaient du pied contre les planches du pont, titubaient, tombaient les uns sur les autres.

– Dites donc! vous avez vu cet ouragan? Tout le bateau en tremble. Quel roulis!

– Matelot! Ils secouent les branches! Ils vont me faire tomber! criait le gamin effrayé.

– N'aie pas peur!

J'étais obligé de hurler pour me faire entendre. Le bruit était

infernal. Pour imiter le vent, tous les hommes d'équipage sifflaient, huaient, secouaient le mât et la voilure.

– N'aie pas peur! Ce n'est qu'une tempête pour jouer!

– Pour jouer? dit le bosco Witkowski indigné! Ça tangue comme tous les diables et il parle de jouer!

– Tout le monde à son poste! Fermez les écoutilles! Ramenez les voiles!

Les ordres du capitaine tombaient, un par un, du haut de la passerelle.

Mirek continuait à faire peur au môme :

– Si tu tombes du pont, c'en est fait de toi. Les requins vont te dévorer.

Je jetai une corde au gamin.

– Attache-toi au mât, tu m'entends!

« *Même au cœur de la tempête,*
notre voilier défie le temps,
et si le vent nous embête,
nous allons contre le vent! »

entonna le second.

– Allez, tous les hommes chantent! ordonna le capitaine.

Le gamin n'avait pas l'air très rassuré.

– Matelot, et si nous faisons naufrage?

– Ne crains rien. Tout ira bien si tu t'attaches comme il faut.

Et comme il se débrouillait mal, je lui donnai un coup de main. Un instant après, nous chantions avec les autres :

« Même au cœur de la tempête,
notre voilier défie le temps,
et si le vent nous embête,
nous allons contre le vent!

« Claque au vent notr' voile rouge!
Va sous la brise salée
découvrir des terres lointaines
que personne ne connaît.
Ohé! vogue, vogue, beau voilier!

« Lorsque notre capitaine
aura fixé ton parcours
à plein vent, belle voile rouge,
tu courras leur dire bonjour! »

Cette course périlleuse sur une mer déchaînée, où le vent atteignait la force 10, devait être la dernière de nos longues courses. Nous ne l'avons interrompue qu'à midi, histoire d'aller casser la croûte à la maison... Il n'y avait pas moyen de faire autrement : nos mères nous appelaient à grands cris et les tempêtes en famille, cela n'amusait personne.

Le repas de midi expédié en un temps record, nous nous étions retrouvés à bord pour courir d'autres aventures.

Après la tempête, il nous fallut affronter les pirates. Ce fut pour moi l'occasion de livrer un combat individuel.

En fait, il n'y avait qu'un seul pirate : Mirek. Son attitude à l'égard du gamin était devenue si odieuse que j'avais fini par lui envoyer quelques beignes. Il m'en avait rendu aussitôt, et de bonnes. A un moment donné, il avait failli m'envoyer son sabot à la figure. On avait réussi à nous séparer et le bosco Witkowski nous avait annoncé que, si jamais nous recommencions, le capitaine nous ficherait dehors. Cela avait suffi pour calmer Mirek. Par la suite, nous étions redevenus amis. Mirek faisait une collection de timbres et, comme j'avais quelques beaux timbres chez moi, je lui en fis cadeau. La paix valait bien ce sacrifice. Depuis ce jour, Mirek n'embêta plus jamais notre mousse.

En dehors des épreuves, cette course nous avait apporté des surprises agréables : nous rencontrâmes des dauphins et des poissons volants. Ces derniers ressemblaient aux papillons mais en beaucoup plus beau. Ensuite, ce fut le passage de l'équateur et le baptême de Neptune. Nous étions encore au large quand le clignotement des phares du cap des Pirates de la route nous rappela qu'il fallait rentrer au port.

Jamais plus nous ne devions refaire un aussi long périple. A cette époque de l'année, l'école nous prenait tout notre temps. Après les cours, il y avait des devoirs à faire chez soi et, bientôt, d'autres occupations s'y ajoutèrent : Witkowski avait ses réunions de scouts, le capitaine ses cours d'anglais; quant à moi, ma sœur avait réussi à m'entraîner dans sa chorale.

D'ailleurs, les jours raccourcissaient. Il n'était plus question de naviguer du matin au soir avec, pour seule escale, celle du repas de midi. A peine hissions-nous notre voile que déjà il nous fallait la carguer. Nous tâchions, malgré tout, de sortir en mer tous les jours.

Pas le matin, bien sûr. Ce n'était plus possible parce que les cours commençaient à huit heures.

Seul le mousse pouvait se rendre au port de bonne heure. Pour lui, l'école ne commençait qu'à midi. Il avait tout son temps. Il se levait à l'aube pour mener la vache dans le pré et, tandis qu'elle broutait, il restait assis près du bateau en compagnie de son chien.

Il rêvait d'aller en Afrique. Pas pour voir des bananiers et des éléphants en liberté. Oh! bien sûr, il aurait bien aimé pouvoir cueillir des bananes toutes fraîches, surtout que c'étaient ses fruits préférés. Mais ce n'était pas pour cela qu'il voulait tant y aller. Lui, il pensait à son grand-père qui disparut en Afrique pendant la guerre. Son grand-père était soldat dans l'armée polonaise. Parce que l'armée polonaise s'est battue aussi en Afrique. Après la guerre, tous les soldats sont rentrés chez eux, mais lui, personne ne l'avait plus jamais revu.

Peut-être vivait-il encore? La grand-mère du petit le croyait, elle. Elle disait qu'à la guerre un tas de gens ont perdu la mémoire et qu'ils ne pouvaient pas rentrer chez eux, parce qu'ils ne se rappelaient plus ni leur nom ni leur adresse.

Le petit espérait donc retrouver son grand-père. Voilà pourquoi il voulait tant aller en Afrique. Il disait qu'un Blanc parmi tous ces Noirs cela devait être facile à repérer, qu'il avait donc une chance. Même si l'Afrique est un grand continent.

Mais enfin l'Afrique n'a pas grand-chose à voir avec la suite de notre histoire. Il faut bien que je la raconte jusqu'au bout.

Chapitre 7

Un jour, alors que nous rentrions de l'école plus tôt que d'habitude parce que notre maîtresse était malade, on rencontra sur la route notre gamin qui avait l'air de nous attendre avec impatience. Dès qu'il nous aperçut, il se mit à courir et, arrivé à notre hauteur, me lança d'une voix haletante :

– Matelot, il faut que je te dise quelque chose...

– Il t'arrive un pépin ? demandai-je en voyant son air catastrophé.

– Tout à l'heure, des types avec

des papiers sont arrivés près du bateau...

– Des types avec des papiers?

– Oui, ce sont les mêmes que l'autre fois. Je les ai reconnus. C'est eux qui ont coupé tous les arbres!

– Quels arbres? demanda Witkowski en s'approchant de nous.

– Des arbres qui poussaient là. Il y en avait tout un bosquet. Ils les ont coupés pour construire la cité. Et cette fois, ils ont parlé d'un cinéma.

Mirek paraissait intéressé :

– Tiens, ils veulent construire un cinéma?

– C'est vrai! Je me souviens que mon père m'en a parlé l'autre jour, fit le second.

Le coq était ravi :

– Vous entendez, les gars! Un cinéma à la cité! Ça va être chouette!

– Espérons qu'ils nous passeront des westerns, fit le radio qui connaissait tout sur les Indiens.

Le capitaine prit son air supérieur.

– T'inquiète pas, va! A propos, avez-vous déjà vu mon chapeau de cow-boy et mon nouveau colt? Mon oncle vient de me les envoyer.

– Celui qui est capitaine? demanda Mirek par politesse.

– Non, celui qui est metteur en scène. D'ailleurs, il se spécialise dans le western. On compte avec lui dans le monde du cinéma, vous savez? Un metteur en scène, c'est aussi important qu'un capitaine.

– Nous n'aurons donc plus de bateau? demanda le gamin avec anxiété.

– Mais si, pourquoi veux-tu qu'on n'ait plus de bateau? fis-je, mais je n'étais pas très rassuré moi-même.

– Et s'ils coupent notre arbre comme ils ont coupé tous les autres?

– Ils ne le feront pas, maintenant les arbres sont protégés par la loi, dit le second d'un ton faussement détaché.

Et le capitaine déclara aussitôt :

– En cas de besoin, j'ai un oncle dans la police.

– Dis, il les collectionne ses oncles, ou quoi? remarqua à voix basse le bosco Witkowski.

– Si ça se trouve, il n'en a aucun! ricana Mirek.

Par chance, ces observations échappèrent au capitaine, occupé à nous exposer son plan :

– Si jamais ils reviennent, je téléphone à mon oncle. Il va arriver à bord d'une voiture-radio et les types passeront un mauvais quart d'heure. L'affaire passera en jugement et ils auront une grosse amende à payer.

– Tu vois, tu t'inquiètes pour rien, dis-je au petit.

Il n'avait pas l'air convaincu.

– Mais s'ils reviennent tôt le matin, alors que vous êtes à l'école?

C'est vrai : je n'y avais pas pensé! Comme les autres s'en allaient déjà, je lui dis très vite :

– Eh bien, s'ils reviennent en notre absence, tu n'as qu'à grimper dans l'arbre et carillonner aussi fort que tu peux.

– D'accord, matelot, répondit le petit en me serrant la main. Je ferai le guet tous les jours, sans faute. Et si jamais ils venaient, je sonnerais l'alarme...

Au fond de moi-même, je ne pensais pas qu'on en arriverait là. Je ne croyais pas vraiment au danger. Tout le monde parlait d'une nouvelle réglementation qui interdisait de couper les arbres. On le lisait dans les journaux et, à l'école, la maîtresse nous avait fait un cours sur la protection de la nature. Les arbres dans les villes, nous disait-elle, on ne saurait trop les estimer car ils nous protègent des gaz d'échappement. On leur doit de pouvoir respirer encore.

« Même si on nous construit ce cinéma, l'arbre sera épargné, pensais-je. Le pré est vaste, il y a là de la place pour plusieurs chantiers. Pourquoi construiraient-ils juste à l'endroit de l'arbre? Le petit se fait de la bile pour rien. Ceux qui sont venus avec leurs papiers n'ont sûrement pas l'intention d'abattre notre arbre. Ils n'ont fait qu'examiner le terrain en vue des travaux. C'est le pré qui les intéresse. Il n'y a pas de quoi avoir peur. Ils construiront le cinéma et laisseront l'arbre tranquille. Personne ne nous prendra notre bateau. Sa voile rouge nous amènera encore au bout du monde. »

Chapitre 8

Ils étaient venus quand même. Avec des haches et une scie mécanique. Nous ne l'avons appris qu'à la sortie des cours. C'est le gamin qui avait défendu l'arbre. Comme un chef. En exécutant mes ordres à la lettre.

Lorsque les hommes étaient arrivés au pied de l'arbre, il s'était mis à crier :

– A bas les pattes! Touchez pas! C'est notre bateau!

Et, tout en criant, il agitait sa clochette.

Étonnés, les hommes posèrent leurs outils par terre.

– Qu'est-ce que tu fais là? Descends!

– Je ne descendrai pas! Je ne vous laisserai pas couper l'arbre!

– Il est beau cet arbre, fit l'un des ouvriers.

– Ça, pour être beau, il est vraiment beau, acquiesça l'autre.

Ils s'éloignèrent de quelques pas, comme pour se consulter. Le premier sortit de sa poche un sandwich au saucisson, l'autre une cigarette. Il y avait beaucoup de vent, il s'énervait parce qu'il n'arrivait pas à l'allumer. Ses allumettes s'éteignaient l'une après l'autre. Il usa toute la boîte pour rien. Alors, un troisième homme apparut. Il arrivait en courant du côté de la cité. C'était un gros, en manteau de cuir, une serviette sous le bras. Il

se mit à agiter sa serviette et à crier de loin :

– Que se passe-t-il, messieurs?

– Rien de grave, Monsieur l'Ingénieur. Il y a là un gosse qui fait des histoires. Il nous défend de couper l'arbre, dit le type aux allumettes.

– Peut-être n'a-t-il pas tort? réfléchissait tout haut l'amateur de sandwiches. C'est un bel arbre, bien sain. On pourrait peut-être essayer de le transplanter... A mon sens, il vaut toujours mieux transplanter qu'abattre. Comme ça, y a pas de dégâts et les enfants savent où aller jouer.

L'ingénieur les interrompit en disant :

– Ne vous inquiétez pas, messieurs, tout est déjà réglé.

A ce moment, le gamin se mit à carillonner de plus belle. C'était la rage du désespoir.

L'ingénieur se fâcha :

– Veux-tu arrêter, sale gamin! Tu nous casses les oreilles! Descends de là immédiatement! On t'apprendra à gêner les gens dans leur travail!

– Je ne descendrai pas! criait le petit.

Alors, l'ingénieur en eut assez. Il attrapa un bâton et courut jusqu'à l'arbre. Il se mit à le secouer et à donner des coups sur la plus basse branche. Plusieurs feuilles s'en détachèrent et tourbillonnèrent au vent.

Le gamin se mit à chanter :

« *Même au cœur de la tempête,*
notre voilier défie le temps,
et si le vent nous embête,
nous allons contre le vent! »

L'homme au sandwich se mit à rire.

– Il ne descendra pas!

– A moins que l'ingénieur ne lui donne un coup de pouce, remarqua le second ouvrier.

– Montez dans l'arbre, Walczak! ordonna à ce dernier l'ingénieur d'une voix enragée.

– Que j'y monte? Mais vous êtes le plus jeune, monsieur. Moi, avec mes rhumatismes, j'ai de la peine à monter même un escalier. Et puis, zut! Je ne suis pas un singe pour courir dans les arbres!

– Une échelle! hurla l'ingénieur.

– L'échelle est restée au magasin, à l'autre bout de la ville. Du reste, il se met à pleuvoir, observa celui qui tenait la boîte d'allumettes à la main. Il la rangea dans sa poche, prit la scie et se mit à marcher en direction de la cité. L'autre le suivit en portant les haches.

Le ciel se couvrit de gros nuages. La pluie tombait de plus en plus fort.

« *Claque au vent notr' voile rouge,*
va sous la brise salée... »

Dans l'arbre, le gamin continuait à chanter.

– Si j'étais ton père, tu verrais de quel bois je me chauffe! fulminait l'ingénieur en secouant sa serviette. Mais tu ne perds rien pour attendre. J'irai trouver ton père et il te fera passer l'envie de chanter.

Le ciel s'obscurcit encore. Ce n'était plus de la pluie, mais des seaux d'eau qui traversaient les branches et tombaient en cascades sur le pont du navire. Collé contre le tronc de l'arbre, l'ingénieur tempêtait, sa serviette sur la tête, tandis que là-haut, sous le ciel noir, serré contre le mât et complètement trempé, le gamin chantait, les yeux remplis de pluie et de larmes.

Chapitre 9

C'est juste à ce moment-là que nous sommes arrivés, Mirek et moi. L'averse nous avait surpris au retour de l'école et, comme l'arbre était plus près que la maison, on venait s'y réfugier.

Surprise! Un monsieur avec une serviette au pied de notre arbre et, là-haut, quelqu'un en train de chanter notre chanson!

– Mais c'est notre gamin, ma parole! s'écria Mirek.

Le chant s'interrompit et on cria du haut de l'arbre :

– Matelot, ils sont venus! avec une scie et des haches! C'est ce monsieur qui leur a dit de couper l'arbre!

– Je ne comprends rien à ce qui se passe ici, fit l'ingénieur. Qu'est-ce qu'il lui prend à ce môme? On arrive ici pour vous construire un cinéma et voilà l'accueil que vous nous faites.

J'ai crié alors aussi fort que j'ai pu :

– Attention, mousse! Tiens bon! Je cours chercher le capitaine!

Je bondis comme un fou.

Impossible de courir plus vite! A travers le pré, les flaques, la boue... Vite, la cité! Quatrième immeuble à gauche, escalier A, troisième étage, porte droite. Ça y est!

– Capitaine! Capitaine!

Il m'ouvrit lui-même.

– Y a le feu ou quoi?

J'étais à bout de souffle.

– Capitaine, ils sont là! Il faut appeler la police.

– Commencez par vous essuyer les pieds, fit une dame du fond du couloir. Elle tenait à la main une brosse métallique.

Le capitaine jeta un coup d'œil sur mes chaussures :

– N'entre pas, on vient de cirer le parquet.

– Tu ne comprends pas... Ils veulent couper l'arbre. Le petit nous attend là-bas. Il faut téléphoner à ton oncle de la police!

– Chut, pas si haut! dit-il en me mettant la main sur la bouche.

– Qu'y a-t-il? Vous avez des ennuis? demanda la dame à la brosse.

– Non, non, rien d'important...

Je l'attrapai par la main.

– Rien d'important? Et le bateau, tu t'en fous?

Il évitait de me regarder en face. Il me poussa vers l'escalier en jetant derrière lui des regards inquiets.

– Je t'expliquerai plus tard... Ma tante est malade du cœur, il ne faut pas l'énerver... Le docteur est venu ce matin... De toute façon, le téléphone est en panne et l'oncle qui travaille à la police est parti en délégation.

Il m'annonça tout cela très vite et à voix basse en évitant soigneusement mon regard. A la fin, il cria en direction du couloir :

– N'est-ce pas, ma tante, que l'oncle est parti?

– Un cheminot est toujours parti, c'est le métier qui le veut, répondit sa tante.

Il voulait fermer la porte mais

je fus plus rapide que lui. Je l'attrapai par le col de sa chemise et le plaquai contre le mur.

– Alors, comme ça, dès le début tu nous racontais des bobards? C'était donc ça, tes oncles? Espèce de capitaine à la noix!

Chapitre 10

Voilà notre histoire. Plus de capitaine, plus de bateau. A présent, nous avons un cinéma. C'est le jour de l'ouverture, et même la télévision est venue nous voir.

Je sais que j'ai parlé à côté du sujet. Tout cela n'a pas été très rigolo. Madame le reporter est peut-être déçue. La télévision, c'est fait pour amuser les gens. Pas pour les faire pleurer. Pourtant, il fallait bien que quelqu'un dise la vérité. Pour la sauver. Comme le gamin a sauvé l'arbre.

Parce que l'arbre, ils ne l'ont pas coupé finalement. Il a été transplanté à un autre endroit. On en a même planté d'autres. Tout ça grâce au gamin. Et si l'arbre résiste, d'autres enfants navigueront peut-être à son bord?

Pour nous, c'est fini. Notre équipage n'existe plus. Nous n'avons plus de capitaine. Le mousse aurait pu en être un. Mais il est parti. Il a d'abord été longtemps malade, à la suite de cette journée passée dans l'arbre. La petite bicoque où il habitait a disparu. On construit une piscine à cet endroit-là. La télévision reviendra-t-elle le jour de son ouverture?

Pour le moment, nous avons notre cinéma. Tout le monde en est heureux. Moi aussi. Pourtant, chaque fois que je le regarde, une

CINEMA

image se présente à moi, toujours la même :

Le bateau, sa voile rouge et, sous la voile, le petit. Il pleut... Il est assis dans l'arbre et il chante :

« *Même au cœur de la tempête,*
notre voilier défie le temps,
et si le vent nous embête,
nous allons contre le vent! »

Castor Poche

Des livres pour toutes les envies de lire,
envie de rire, de frissonner,
envie de partir loin
ou de se pelotonner dans un coin.

Des livres pour ceux qui dévorent.
Des livres pour ceux qui grignotent.
Des livres pour ceux qui croient ne pas aimer lire.
Des livres pour ouvrir l'appétit de lire et de grandir.

Castor Poche rassemble des textes du monde entier ; des récits qui parlent de vous mais aussi d'ailleurs, de pays lointains ou plus proches, de cultures différentes ; des romans, des récits, des témoignages, des documents écrits avec passion par des auteurs qui aiment la vie, qui défendent et respectent les différences. Des livres qui abordent les questions que vous vous posez.

Les auteurs, les illustrateurs, les traducteurs vous invitent à communiquer, à correspondre avec eux.

Castor Poche
Atelier du Père Castor
4, rue Casimir-Delavigne
75006 PARIS

Castor Poche, des livres pour toutes les envies de lire: pour ceux qui aiment les histoires d'hier et d'aujourd'hui, ici, mais aussi dans d'autres pays, voici une sélection de romans.

635 **Sauvez Willy 3** **Junior**

par Todd Strasser

Jesse est presque un homme désormais. Il n'a rien perdu de sa passion pour les orques, et il travaille avec Randolph pour leur protection. Il retrouve Willy tous les ans. Mais leur route va croiser des pêcheurs prêts à tout pour capturer des orques. Max, un jeune garçon, va les aider de tout son cœur...

616 **Le gardien du chateau** **Senior**

par Nadine Brun-Cosme

Trois nouvelles, Le gardien du château, Maël, La maison d'en bas, qui évoquent l'attente de l'autre, l'émoi de la rencontre, la douleur de l'absence, mais aussi la joie de la rencontre. Laissons les mots ouvrir la porte du souvenir, saisir les sensations fugaces du temps qui passe.

615 **Le dresseur d'ours** **Senior**

par Harriet Graham

Avant d'être apprenti-tanneur, Guillaume a connu la douceur d'une famille heureuse. C'était avant, avant la mort de son père, avant le remariage de sa mère... il y a si longtemps. Mais Guillaume a le don de dresser les ours, don très convoité en ces temps où les ours apprivoisés vont de ville en ville, de pays en pays... Guillaume part pour un long voyage avec une troupe de saltimbanques.

614 **La vengeance d'Emily Upham** **Junior**

par Avi

Le père d'Emily est ruiné et mêlé à une histoire de hold-up! C'est beaucoup d'émotions pour la jeune et précieuse Emily. Seth Marple, un jeune va-nu-pieds, propose de l'aider. Mais quelle aide! Entre Seth l'intrépide et la précieuse Emily la rencontre est explosive.

605 Le puits **Senior**

par Mildred D. Taylor

La sécheresse est terrible, elle a tari tous les puits de la région. Tous sauf celui des Logan, famille de fermiers noirs aisée. Les Logan partagent cette eau précieuse de grand cœur, avec tous. Mais en 1910, dans le Sud américain, les rancœurs contre les noirs persistent ; tout au long de l'été, la tension va monter…

600 Le jour de la photo **Junior**

Par Corinne Fleurot

La Grande Catoche règne sur l'école. Décidée, voire tyrannique, elle domine la cour de récréation. Hélène vit dans l'ombre de son aînée, pourtant, le jour où la Catoche subira une grande humiliation publique c'est auprès d'Hélène qu'elle trouvera la force de faire face. Solidaires dans l'épreuve, les deux sœurs tisseront une vraie complicité.

598 Un Périgourdin aux Indes
Les Tibeyrant **Senior**

par Thalie de Molènes

François et Edmée coulent des jours tranquilles à Plazac. Mais François reçoit un appel au secours de Kamala : Edmond, son fils, a disparu. François part aux Indes, à la recherche de son neveu et de Louis de Ponchapt, le fils d'Edmée. Avec son compagnon de route Yvon, il va traverser l'Inde de la fin du XVIIIe siècle…

594 Célestine ou les parfums caméléons **Junior**

par Marie Saint-Dizier

À Ici-bas, où règne le tyrannique Mister Nose, Célestine rencontre une bande de chiens errants. Ils ont perdu la mémoire de leur vie d'antan. Bientôt des chiens disparaissent, ils ont suivi un parfum, évocation d'un souvenir délicieux. Célestine, seule, pressent que ces parfums diffusent un piège pour ses amis…

590 Le champ de personne **Senior**

par Daniel Picouly

Le Mohican, onzième d'une famille de treize enfants vit dans un petit pavillon de banlieue. Sa famille, grande tribu généreuse, est solidaire et la vie n'est jamais monotone pour le Mohican, entre le football (sa grande passion) et les dictées (sa terreur), entre rêves et rires. *Le champ de personne* est la chronique d'une journée comme les autres…

589 L'homme de l'autre côté **Senior**

par Uri Orlev

En 1942, Marek vit à Varsovie et aide son beau-père à convoyer des marchandises vers le ghetto des juifs. Il éprouve à leur égard une certaine défiance. Quand sa mère lui apprend que son père était juif communiste, et mort en défendant ses idées, le jeune homme s'engage dans la lutte.

581 Ce cher Monsieur Dieu **Senior**

Par Klaus Kordon

Monsieur Dieu n'est pas un facteur pas comme les autres : il substitue les lettres annonçant de mauvaises nouvelles à ses amis et les remplace par de bonnes nouvelles. Mais un jour, le pot aux roses est découvert…

580 La sœur de mon frère **Senior**

Par C. S. Adler

L'arrivée de Youn Hee, petite coréenne que sa mère a décidé d'adopter, est difficile pour Caitlin. Youn Hee n'est venue que pour retrouver son petit frère, Simon, dans la famille depuis longtemps, et complètement américain. Caitlin fera tout pour tenter d'apprivoiser sa nouvelle sœur.

579 La lettre déchirée **Senior**

Par Ella Balaert

Pas facile d'avouer qu'on ne sait pas lire, quand on a treize ans. Stéphane, muré dans la solitude depuis le départ de son père, se débat comme il peut dans un monde de mensonges et de dissimulations. Mais son secret lui pèse de plus en plus. Jusqu'à quand pourra-t-il le taire ?

578 Roues libres en Californie **Senior**

Par Gary Soto

Hector et Mando, pour échapper à l'ennui d'un été désœuvré, partent vers la plage de Santa Monica à vélo. C'est l'occasion de faire la tournée de la nombreuse famille d'Hector, truculente à souhait et aussi selon les quartiers où oncles et tantes habitent. En avant pour une balade chez les « chicanos »...

576 Laissez danser les ours blancs **Senior**

Par Ulf Stark

Après le divorce de ses parents, Lasse part s'installer avec sa mère chez son nouvel ami, qui décide de transformer le jeune homme cancre et fils de boucher, en bon élève bourgeois modèle. Lasse joue le jeu, et s'éloigne peu à peu de son père. Entre ces deux mondes, Lasse a bien du mal à retrouver sa place et ses repères.

572 Sous le soleil de minuit **Senior**

Par Simone Schmitzberger

Pour Max, ce camp de vacances itinérant en Norvège commence mal. Malgré sa bonne volonté, il n'arrive pas à faire rire sa charmante voisine, à la mine renfermée. Heureusement, Marie lui sourit. Au fil de leur périple, les adolescents vont apprendre à mieux se connaître, des amitiés vont se nouer, des drames vont se jouer.

Cet
ouvrage,
le deuxième
de la collection
CASTOR POCHE,
a été achevé d'imprimer
sur les presses de l'imprimerie
Maury Eurolivres
Manchecourt - France
en octobre 1998

Dépôt légal : octobre 1998.
N° d'édition : 4431. Imprimé en France.
ISBN : 2-08-16-4431-2
ISSN : 0763-4544
Loi n° 49-956 du 16 juillet 1949
sur les publications destinées à la jeunesse